KB153053

한국 희곡 명작선 115

소녀 girl

김정숙

평민사

김정숙

소녀

등장인물

(등장순서)
죽은 소녀 (실종 당시 어린소녀)
사내 (상주)
남자 (사내의 동생)
여인 (남자의 아내)
젊은이 (남자의 아들)
야야 (동네 칠푼이)
마얀 (미얀마 여인)
안경청년 (미얀마 여인의 통역 자원 봉사자)
동네 여인(조문객)
처녀(사내의 딸)
사위(처녀의 예비신랑)

1. 喪家

조등이 켜진 아래 죽은 소녀(이하 '소녀')가 있다.

소녀 옆에는 짚신 3개 밥그릇 3개 술잔 3개가 놓여 있다.

조화로 쓰이는 국화 바구니를 지나면 만장이 드리워진 아래에 제

상이 놓여 있다.

상주 석에 술상을 놓고 술을 마시는 사내.

그 건너편에 남자와 젊은이가 상여를 꾸미고 있다.

가느다랗게 피어오르는 향속에 초상화의 할머니 얼굴이 낯설다.

동네 칠푼이로 늙은 야야가 광대꾸밈으로 얼굴에 분장을 하고 배

를 불룩하니 우스꽝스럽게 만들어 '전해라'를 부르며 논다.

야야　　(노래한다) 칠십 세에 저 세상에서 날 데리러 오거든.

미얀마 여인과 안경청년 야야의 노래에 맞춰 함께 춤을 춘다.

- 안경청년은 미얀마 여성 마얀의 통역봉사자로서 이후 미얀과

는 영어로 대화하며 사람들에게 마얀의 말을 통역한다.

마얀　　(야야에게 사진을 가르키며 영어) 내 어머니 노래 '아리랑'
안경　　(야야에게 통역해 준다) 어머니 노래!
야야　　어머니 노래!

마얀	나를 가르쳐 주었다.
야야	(마얀을 끌어안고 불러 버린다) 아리아리랑 쓰리쓰리랑
마얀	(함께 노래한다) 아리아리랑 쓰리쓰리랑
여인	(부른다) 야야! 그만 떠들고 이리 와!
야야	야! (여인을 쫓아간다)
마얀	(안경청년에게) 우리장례식이랑 똑같다.
안경	버어마도 그런가?
마얀	우리도 슬픔을 위로하는 노래를 함께 부른다.
안경	한국은 이제 도시에서는 잘 안 한다.

왼쪽부터 야야, 여인

2. 弔問客

동네 여인– 조문객이 국화송이를 들고 오자 모두 하던 짓을 멈추고 조문객을 받는다.

국화 송이를 제상에 놓고 절을 하는 여인. 이어 상주들과 맞절한다.

조문객　　참으로 아이고 이게 뭔 일이래요?

안경　　(마얀에게) 이웃사람이다.

사내　　사람 사는 게 요지경이여.

안경　　(마얀에게) 한국은 장례식에 이웃들이 서로 돕는다.

마얀　　버마도 그렇다!

사내　　저녁 먹고 가!

조문객　　예!

처녀가 상을 들고 와서 조문객에게 놓아 주고 핸드폰 보며 나간다.

조문객　　(남자에게 인사한다) 식사하셨어요?

남자　　먹었어, 어여 식사해.

조문객　　(젊은이에게 밥 먹었냐고 손짓한다) 밥 먹었어?

젊은이　　(농아, 손짓 + 소리) 우-우-우아우? (나도 먹었다. 아저씨는?)

조문객　　우리 아저씨 서울 갔어! (먹는다)

3. 백년손님

처녀가 사위를 데려 온다.

처녀　　아버지!

사위　　아버님!

사내　　자네 왔는가?

사위　　예, 아버님!

사내　　어서 와, 혼자 왔나?

사위　　부모님은 이따가 오신다고.

사내　　이런, 욕보시네, 자네 먼 길 오느라 고생했어!

처녀가 조화를 챙겨준다.

사위가 조화를 놓고 절을 올린다.

안경　　사위 될 사람이다.

마얀　　아, 그러냐, 저 여자와 저 남자가 결혼하나?

안경　　그런 것 같다.

상주와 맞절.

사내	(걱정하여) 부모님은 뭐라셔?
사위	일단 올해는 넘겨야 하지 않느냐고…
사내	어허!
사위	그런데 내년은 형 결혼이랑 또 겹쳐서.
사내	그렇지!
사위	그래서 이따 오셔서 의논하신다고.
사내	그래야지 인륜지 대사인데, 환장허네…
애정	식사는?
사위	안했어.
사내	어서 밥 챙겨줘라.
애정	예.

애정이 나가자 사위도 얼른 따라 나간다.

마얀	무슨 말인가?
안경	올해 결혼을 하게 되었는데 지금은 못한다고 걱정한다.
마얀	결혼을 못해?
안경	못한다.
마얀	헤어지냐?
안경	아니다 장례랑 겹쳐서 올해는 못하고 결혼 날자를 다시 정한다고 한다.
마얀	한국법도냐?
안경	그렇다!

4. 지겨운 싸움

사내가 술병을 거칠게 내려놓고 남자에게 가서 발길로 찬다.

사내　　너 이 자식

　　　　　너 뭐여?

　　　　　니가 이놈아

　　　　　너 때문에…

　　　　　어째서 네 마음대로

　　　　　어떻게 할 테냐?

　　　　　이 썩을 놈~

소녀가 만장 사이로 싸움을 내다본다.

사내와 남자의 몸부림.

사람들은 놀래어 사내와 남자를 피해

상여를 들고 ─ 젊은이

밥상을 들고 ─ 조문객

마얀과 안경청년은 제상을 막는다.

마얀　　왜 이러는가?

안경　　모르겠다.

마얀   우리가 와서 화가 났는가?

안경   모른다.

5. 상식

여인   (외친다) 상 들어가요!

바로 싸움을 멈추는 두 사람
모두 제 위치로 돌아간다.
여인이 상식상을 받들고 온다.
야야가 음식을 들고 뒤따른다.
모두 서서 두 손을 모으고 맞는다.
애정이 치마를 잡고 들어오는 사위
애정이 사위 손을 뿌리친다.
제상의 밥을 내리고
새롭게 밥과 국을 올린다.
소녀가 나와 자리하고
모두 절을 올린다.
식시를 올린디.
애정이 제상에서 내린 음식을 들고 나간다.
사위가 또 따라간다.
야야가 사과를 훔쳐 만장 뒤로 숨는다.

6. 의심

사내 술 가져와.

여인 손님들도 오시는데 그만 하세요!

사내 참 집안 꼴좋다! 제수가 시아즈버니한테 훈수를 다 두고

여인 애정아, 너의 아버지한테 술 한 병 가져다 드려라!

사위가 애정이 대신 얼른 술을 가져 온다

여인 (받아 놓아주며) 훈수가 아니라 몸 생각하시라고요

사내 그런데 아무리 생각해도 내가 모르겠네,

남자 그만하쇼!

사내 (안경에게) 자네 말야 물어봐!

남자 어허 나 참.

사내 우리 고모가 맞는가? 이것이 사실인가?

남자 (안경에게) 하지 마쇼!

사내 허 참, 알았어, 알았다고 아무튼 장례 끝나고 보자! (술을 들고 마신다) (소리친다) 술 가져와!

여인 거기 가져다 놓았잖아요!

조문객 저기요, (안경청년에게 사진을 주며) 이 사진 좀 한 번 보시라고 해 주세요. (마안에게) 우리 이모인데 없어져서요.

안경이 사진을 받아 마얀에게 보여준다.

안경   이분도 가족을 잃어버렸는데 혹시 본 적이 있냐고 봐 달
래요.

마얀   (사진을 본다) 우리 고향에 한국 분들이 몇 분 계셨는데 다
돌아가셨다.

여인   (조문객에게) 누구?

조문객   숙자 이모요!

여인   숙자이모가 뭐?

조문객   아니 우리 이모도 거기 붙잡혀 가셨나 해서.

여인   너의 이모는 한국전쟁 때 잃어버렸다매, 이건 번지수가
다르지

안경   (마얀에게) 한국전쟁 때 잃어 버렸대요.

조문객   아니 울엄마가 못 잊고 아직도 찾으니까 물어보는 거예요

마얀   한국전쟁은 아니다. 2차 세계대전 때 일이다, 일본 전쟁
때 일이다. 미안하다. 이런 분은 못 보았다.

안경   (사진을 돌려주며) 한국전쟁 때 일이 아니라 못 보았대요.

조문객   (사진 빌으며) 에, 고마워요.

사내가 술병을 놓고 다시 따진다.

사내   아니 당최 믿어지질 않아, 10년, 20년도 아니고 고모라니
허참. 너는 뭣을 믿고 고모라고 받았냐?

젊은이   (여인에게 – 무슨 일이냐?) 우으우어.

여인   (수화로 "큰아버지가 술 취해서 그래" 사내에게) 술 좀 그만 드시라니~

남자   저분이 김옥례요 김옥례! 우리 고모! 뭣을 또 믿을 것이 있소? 형님도 너무 그러지 마시오.

사내   뭣을 너무 그러지 말어?

남자   이미 생겨난 일을 어쩌겠소? 우리 고모가 아니라고 내다 버리겠소? 조상은 중하지 않고 자식 혼사만 중하오?

사내   이 싸가지 없는 자식!

남자에게로 달려드는 사내.
자손들이 말린다.
싸우는 소리에 처녀와 사위도 달려 나와 말린다.
모두 달려들어서 말린다.

야야   (술을 뿌린다) 불이야 불이야!

사내   (야야에게 달려들며) 이년이!

야야   (제상 뒤로 도망간다) 야야 아파!

사람들 씩씩거리며 앉는다.

사내   (안경에게) 자네 물어봐

남자   하지 마시요!

안경	?
사내	(소리친다) 진짜 우리 고모가 맞느냐 물어 보라고!
안경	아 예, (마안에게) 가족이 맞냐고 묻는다.
마안	의심하냐?
안경	의심하시냐고?
사내	의심이 아니고 이게 70년이 더 된 일이니까, 내가 몰라서.
안경	의심이 아니고 몰라서 그런다.
마안	그럼 가져가겠다!
안경	유골을 가져가신다고.
남자	안 돼요!
안경	안 된다고 한다.

마얀	의심하지 않느냐?
안경	의심하지 말라고.
사내	그러니까 의심 안 할라고 물어 보는 거 아닌가, 물어도 못 봐?
안경	의심이 아니다. 할머니 이야기를 해주면 좋겠다.
마얀	(사내에게) 김만성! 아는가?
여인	할아버님 아니어요?
남자	그렇지
마얀	(남자에게) 정금순! 아는가?
여인	할머니시네!
마얀	옥수면 어연리 심곡말 김옥례! 아는가?
남자	심곡말 김옥례 맞네. 우리 고모!
사내	그래 맞네 맞어!
안경	맞단다.
마얀	저 유골을 가져 가겠다. (나선다)
남자	(막는다) 안 된다.
사내	그럼 왜 우리 고모가 거기 나라에 갔냐 물어봐!
안경	왜 거기 갔냐고?
사내	아잇적 12살에 잃어버렸다는데 버어마가 어디라고, 소식 한 자 없이 살다가 70년이나 지나서 왜 거서 죽어서 이제 왔냐? 물어봐!
안경	12살에 잃어 버렸다. 70년 동안을 소식도 없이 살다가 왜 이제사 왔는가?

마얀   정말 모르나?

안경   진짜 모르냐고?

사내   모르지!

안경   모른다!

마얀   식구가 없어졌는데 찾지도 않았냐?

안경   식구가 없어졌는데 왜 안 찾았냐고?

사내   거기 가 있는 줄 알았으면 찾았지. 내 나라도 아니고 버어마가 어디야, 동네 밖으로 나가 본 적도 없는 12살짜리 소녀가 어디 있는 줄도 모르는 나라에 가 있을 줄을 꿈엔들 알았겠냐고?

안경   12살 소녀가 버어마에 간 줄은 몰랐다.

여인   그리고 찾았어요. 아버님이 얼마나 찾았는지 몰라요, 내가 시집오니까 아버님이 여동생이 12살 때 동무 집에 간다고 나가서 없어져서 집안이 발칵 뒤집어졌다고 하시면서 틈만 나면 팔도강산을 메주 밟듯이 돌아다니며 찾고 또 찾고, 모르는 소리 말아요. 고모님 때문에 우리는 밤에 문도 안 잠그고 잤어요.

안경   (말이 너무 길면 통역이 어렵다) 지기.

여인   우리 아버님이 돌아가시기 전까지도 사뭇 못 잊고 찾으셨어요. 이산가족 찾기도 나가고 결국은 못 찾았고 애가 타서 돌아가셨지만 얼마나 찾았는데요, 안 찾다니 오해에요.

안경   (전체 통역 불가능. 짧은 영어로) 오해다, 가족이 찾았다, 불가능했다.

사내	고모가 없어진 게 일제 때니까 우리는 태어나기도 전의 일이지.
안경	실종된 것이 일본 식민지 때이다. 태어나기 전이다.
사내	실종된 고모가 있었다는 말만 들었지, 보기를 했나, 전혀 몰랐지.
안경	전혀 모른다.
남자	사느라 바빠서 알아볼 염도 못했지.
안경	뭐라고 해야 하지요?
남자	뭘 뭐라고 해, 입이 열 개라도 할 말이 없지!
처녀	돌아가신 할아버지 뒤를 이어서 찾는 게 맞는데, 못 찾아서 미안하다고 하면 되겠네요.
안경	미안하다고.
처녀	할아버지 이야기도 해야죠.
안경	아, 예 할아버지가 찾았다, 이분들이 계속 찾지 못해 미안하다.
여인	버어머가 어디야, 그 먼 땅에서 이렇게 오실 줄은 참으로 몰랐지.
안경	좋다는 건가요, 나쁘다는 건가요?
여인	우리 가족일인데 좋고 나쁜 게 뭐야, 학생 같으면 안 그렇겠어요? 죽었는지 살았는지 소식도 모르던 사람이 산사람도 아니고 귀신이 되어 돌아왔는데 놀라서 그렇지!
안경	이 사람들은 잃어버린 가족이 죽어서 돌아와서 매우 놀랐다.

| 처녀 | 그렇게 말하면 안 되죠 (영어로) 쏘리, 아임 쏘리! 모두 놀랐지만 고맙게 생각한다. |

야야가 초상화를 보며 빈다.

야야	쏘리쏘리 할머니! 땡꾸 땡꾸 할머니!
마얀	그녀가 말하기를 어머니 심부름 가는 길에 일본 군인들에게 납치되었다.
안경	일본군에게 납치 되었답니다.
사람들	납치?
안경	일본군에게 납치된 것이 맞냐?
마얀	맞다!
사내	어허!
사위	그럼 정신대입니까?
안경	위안부냐고 묻는 겁니까?
사위	일본군한테 끌려갔으면 그거 아닌가?
처녀	그만해!
안경	위안부냐?
마얀	그렇다,
사위	그럼 일본군 성노예 아냐?
안경	일본군 성노예냐?
처녀	그만하라고!
사위	왜 화를 내?

왼쪽부터 마얀, 처녀

처녀   자기 할머니가 아니라서 그런 말이 그렇게 쉽게 나오니?

사위   내가 뭐?

사내   모두 그만두지 못해!

사람들이 제단을 본다.

소녀가 몸을 상 아래로 숨긴다.

야야도 숨는다.

7. 진실

마얀 모두 할머니 이야기 듣기를 원하나?

안경 할머니 이야기 듣고 싶으냐고?

남자 들어야지, 알아야지.

안경 (사내에게) 하라고 할까요?

사내 (고개를 끄덕인다) 우리 고모 일인데 자손이 알아야지!

안경 모두 듣고 싶다, 알고 싶다!

마얀 그녀가 말하기를 일본 군인들이 심부름 다녀오던 12살 아이를 잡아다가 저울에 달아 보고는 덩치가 있으니 다 컸다고 잡아갔다. 중국으로 버마로 전쟁터마다 끌고 다녔다. 보지가 작다고 칼로 쭉 찢어서 남자들을 받게 했다. 잠도 안 재우고 먹을 시간도 없이 하루에도 군인들이 40명 50명씩, 군인들의 공중변소다 아니냐, 군인들 공중변소!

안경 (딸국질을 한다)

마얀 전해라!

안경 (못한다)

마얀 왜 말을 못하나?

안경 (못한다)

마얀 말해라! 전해라!

안경 (못한다)

왼쪽부터 사내, 남자, 여인, 젊은이

처녀가 나서서 전한다.

처녀   '12살에 왜놈들에게 끌려가 (망설인다) 보지가 작다고 칼로
           찢어가면서 잠자고 밥 먹을 시간도 없이 하루에도 40명씩
           50명씩 군인들을 (윽~ 구토를 참으며) 공중변소로 살았대요.

사람들 (놀란다)

젊은이 (어머니에게 묻는다 – "무슨 소리냐?") 푸푸푸!

여인   (수화로 달랜다. "할머니가… 지금 그랬다는 게 아니고 옛날에 그랬다
           고")

처녀   (영어로 마얀에게) 내가 전할게요, 말하세요.

마얀   아이가 생겼는데.

처녀	아기가 생겼는데.
젊은이	(소리친다) ㅇㅇ~ (애정에게 입을 가리키며 수화로 "내게 입을 보여 줘. 내가 이야기를 볼 수 있게")
처녀	(입모양을 청년에게 보이게 하며 약간의 수화와 함께) 할머니에게 아기가 생겼는데. (마얀에게) 계속 말씀하세요!
마얀	마춰도 하지 않고 배를 갈라 아이랑 자궁을 들어내고.
처녀	(다시 묻는다) 아기를 낳으면서 일이냐?
마얀	아니다, 배가 부르면 군인을 받지 못하니까 죽여 버리고. 배가 많이 부르기 전에 배를 갈라 아이와 자궁을 들어내고.
처녀	임신을 하면 (말을 잇기 어렵다) 배가 부르면 남자를 받지 못한다고 배를 갈라 (운다) 아이와 자궁을 들어내었대요.
여인	아이고, 저런 쳐죽일 놈들!
마얀	아이를 죽이고
처녀	애를 죽이고
마얀	평생 자식을 낳을 수 없게 만들었다.
처녀	아이를 낳지 못했다.
마얀	일본 놈들이 전쟁에 지게 되니까
처녀	전쟁에 지게 되니까
마얀	구덩이에 한꺼번에 쓸어 넣고
처녀	구덩이에 쓸어 넣고
마얀	몰살을 하는데
처녀	몰살을 시켰다.
마얀	위안부 증거를 없애 버리려고

왼쪽부터 마얀, 야야, 사위, 여인, 사내

처녀 위안부 증거를 없애 버리려고

마얀 총으로 쏘고

처녀 총으로 쏘고

마얀 기름을 붓고, 불 지르고

처녀 불태워 죽이고

마얀 다행히 어머니는 총알이 다리에 맞아 간신히 살았다!

처녀 총알이 다리에 맞아 살았다.

마얀 다리를 질질 끌며 우리 동네로 도망왔다.

처녀 다리를 질질 끌며 이 분 동네로 도망쳤다.

마얀 평생 절룩거리며 한 다리로 살았다.

처녀 절름발이로 살았다.

젊은이	(소리) 끄욱우우우우~~~~~ (어머니에게 수화로 "애정이 말이 사실이냐?")
여인	(수화로 "진정해!") 얘 또 큰일 나것네~
남자	왜 집으로 안 오고
처녀	집에는 왜 안 왔나?
마얀	더럽혀졌다고
처녀	더럽혀졌다고
마얀	집안 망신 줄까 봐, 돌아오지 못하고 살았다.
처녀	집안에 흉이 될까 봐 돌아오지 못했다.
마얀	우리 동네서 남의 집 일을 해주며 살았다.
처녀	하인으로 살았대요.
마얀	고아인 나를 키워 주었다. 공부도 가르치고 시집도 보내 주었다. 나의 어머니다. 난 은혜를 갚아야 한다. 그래서 모시고 왔다.
처녀	이분이 고아인데 할머니가 키우고 가르쳐 주어 시집도 보냈대요, 어머니라고 은혜를 갚는다고 모시고 왔대요.
마얀	나는 한국말 세 가지 안다. (한국말) 김만성, 정금순, 어연리 심곡마을. 어머니 소원이다. 그래서 다 잊어 버려도 부모님 이름과 고향 이름은 잊지 않았다.
처녀	어머니 소원이라서 잊지 않았다.
마얀	고향에 돌아오는 것
처녀	고향에 돌아오는 것
마얀	이제 죽어서 돌아왔다!

처녀	이제 죽어서 돌아왔다!
마얀	당신들은 어머니를 모른다.
처녀	우리는 할머니를 모른대요.
마얀	그녀는 매일 밤마다 울었다.
처녀	매일 울었대요.
마얀	집에 가고 싶어서…
처녀	돌아오고 싶어서.
마얀	그런데 당신들은 어머니를 모른다고 한다.
처녀	왜 할머니를 모르냐고.
마얀	왜 우리 어머니를 잊어 버렸냐?
처녀	왜 잊어 버렸냐고?
여인	아니여! 잊은 게 아니여, 그렇게 말하면 오해야!
처녀	안 잊었다.
여인	몰랐지, 이런 기맥힌 일이 내 집에 있는 줄은 몰랐지.
처녀	(영어로) 우리 가족 일인 줄 몰랐다.
마얀	우리 어머니는 가족들 보고 싶다고 맨날 울고… 그래서 모시고 왔다. 어머니…

마얀이 유골을 잡고 운다.
젊은이가 칼을 들고 몸부림을 치며 벌떡 일어난다.
사람들 놀라 피한다.

야야	(울며) 하지 마! 하지 마! 야야 아파! 하지 마!

여인이 가서 칼을 뺏는다.

야야가 젊은이를 안아준다.

8. 아이고~

여인 초상화를 보며 소리 한다.

여인   아이고! 불쌍해라!
아이고 불쌍해!
조선의 딸로 태어나
위안부가 웬 말이요
그 어린것이

여인과 마얀

얼마나 무서웠을까~

얼마나 힘들었을까~

아이고 서러워라 그냥 집에 돌아오지

남의 땅, 남의 나라에서 그 고생이 웬 말이요

억울해서 어찌 돌아 가셨으며

서러워서 어찌 눈을 감았을꼬

이제라도 고향에 돌아 왔으니

우리 고모님 가슴에 맺힌 설움 눈물일랑

우리 후손 가슴에 남겨 주시고 훨훨 날아 가시요!

내 이 몸뗑이가 다 녹아 없어지도록 잊지 않을게요

아이고 불쌍해라~

마얀   어머니.

다시 태어나면

전쟁 없는 곳에서 태어나

사랑도 하고

시집도 가서 아가도 낳고 행복하게 사세요!

마얀과 여인이 서로 부둥켜안고 운다. 슬퍼하는 사람들.

야야   (사내의 어깨를 친다) 슬퍼요?

야야가 사내 앞에서 치마를 걷어 올린다. 사람들이 놀란다.

야야가 늘 그랬단 듯이 엉덩이를 사내에게 들이댄다.

사내   (야야를 때리려 손을 올린다) 이게!

처녀   (소리친다) 아버지 안 돼요!

조문객이 야야의 치마를 내려준다.

조문객   야야 너 왜 이래!

야야   오빠 슬퍼요!

사내   (가슴을 친다) 어유! 어유! 그만해 이년아!

야야   (따라서 소리친다) 그만해 이년아! (차렷 한다)

소녀가 제상 너머로 사람들을 바라본다.

9. 상여소리

남자 (일어서며) 상여나 매보자구!

안경 내일 장례식 연습하자고 한다.

남자 형님 이리 오시고,

사내 나 못 맨다.

남자 어허~

사내 내가 무슨 자격으로 상여를 매냐? 나 못한다!

남자 형님 이리 오시오. 여기 아무도 자격이 없어. 이거 상여를 매면 자격이 생겨, 그러니 오시오!

사내 난 못해! (일어선다)

나가려는 사내를 마얀이 붙잡는다.

사내가 말을 못한다.

마주 보는 두 사람 서로 고개를 끄덕인다.

사내 (마얀에게) 내가 이놈이 아무것도 아는 것도 없이 무지해서 우리 고모가 저렇게 죽었습니다. 내가 미안합니다.

안경 미안하다.

마얀 (미얀마어로) 고맙습니다.

남자 (사위에게) 자네도 오고, (젊은이에게) 이리 와. (안경에게) 자네

　　　　　　도 거들어,

안경　　예, 나도 함께 하게 되었다.

마얀　　고맙다.

안경　　아니다. 나도 잘 몰랐다. 나도 미안하다.

여인　　(마얀에게 가서 손을 잡고) 우리 고모님 모시고 와서 고마워요!

마얀　　(고개를 끄덕인다) 고맙습니다. 고맙습니다.

여인　　우리 같이 잘 보내드려요! (부른다) 야야! 너두 와~

야야　　(온다) 예!

남자　　(살펴보며) 자 저승길 가 보세!

사람들　(대답한다) 예!

왼쪽부터 여인, 남자, 젊은이, 사위

사람들 의관을 차리고 상여를 맨다.

소녀가 나와서 상여에 탄다.

남자   (요령을 흔들며) 가네~~~~

야야가 춤을 추며 앞장서면 사람들 남자의 소리를 받으며 상여를

매고 무대를 돈다.

10. 출산!

야야가 배를 안고 몸부림친다.

야야   아이고 배야!

사람들이 본다.

야야   (배에서 아기 인형을 꺼내 든다) 응애! 응애! 아가가 나왔다!

사람들이 기가 막혀 웃는다.

11. 병신춤

야야　(병신춤을 추며 노래한다) 아리 아리랑 쓰리 쓰리랑 아라리가
　　　났네~

사람들, 아리랑에 풀어내는 한, 그리고 병신춤.

야야　(크게 소리친다) 기분 좀 나아지셨어요?
안경　기분 좋아졌어요?
마얀　예~~~~
사람들　예~
야야　고맙습니다!
안경　고맙습니다.
마얀　(야야를 안으며) 고맙습니다!

바람소리가 들린다.
사람들이 제상을 바라본다.

사위　(소리친다) 할머니 미안합니다!

소녀가 웃으며 손을 흔든다.

모두 절을 한다.

소녀가 훌훌 떠나간다.

제상의 불이 꺼진다.

끝.

소녀 공연연보

- 제목 : 소녀
- 공연날짜 : 2016.8.8.-8.28
- 공연장소 : 영국 에딘버러 c-cubed극장
- 작/연출 : 김정숙
- 출연 : 이재횐, 김의연, 정래석, 정연심, 박옥출, 허정진, 조세아, 이동인, 최정만, 김채연

- 제목 : 소녀
- 공연날짜 : 2016.11.25.-11.26
- 공연장소 : 과천시민회관 소극장
- 작/연출 : 김정숙
- 출연 : 이재횐, 김의연, 정래석, 정연심, 박옥출, 황혜진, 허정진, 최상민, 최정만, 강안나, 김채연

한국 희곡 명작선 115

소녀 girl

초판 1쇄 인쇄일   2022년 11월 1일
초판 1쇄 발행일   2022년 11월 7일

지 은 이   김정숙
만 든 이   이정옥
만 든 곳   평민사
　　　　　서울시 은평구 수색로 340 〈202호〉
　　　　　전화 : 02) 375-8571 / 팩스 : 02) 375-8573
　　　　　http://blog.naver.com/pyung1976
　　　　　이메일   pyung1976@naver.com
등록번호   25100-2015-000102호
ISBN 　　 978-89-7115-056-6   04800
　　　　　978-89-7115-663-6   (set)
정　　가   7,000원

이 책은 사단법인 한국극작가협회가 한국문화예술위원회의 2022년 제5회 극작엑스포
지원금을 받아 출간하였습니다.